周公渡

周公度

诗人,作家。著有诗集《夏日杂志》,诗论《银杏种植——中国新诗二十四论》,随笔记《机器猫史话》,儿童诗集《梦之国》,小说集《从八岁来》等。《鲍勃·迪伦诗集》译者之一。

食钵与星宇

周公度 著

陕西新华出版传媒集团
太白文艺出版社

图书在版编目（CIP）数据

食钵与星宇/周公度著．—西安：太白文艺出版社，2017.6（2020.1重印）
（长安新诗典）
ISBN 978-7-5513-1184-7

Ⅰ．①食… Ⅱ．①周… Ⅲ．①诗集—中国—当代 Ⅳ．① I227

中国版本图书馆 CIP 数据核字（2017）第 148171 号

长安新诗典
食钵与星宇
SHIBO YU XINGYU

作　　者	周公度
策　　划	韩霁虹
责任编辑	马凤霞　曹　甜
封面设计	李世豪
版式设计	张洪海
出版发行	陕西新华出版传媒集团 太白文艺出版社
经　　销	新华书店
印　　刷	天津行知印刷有限公司
开　　本	889mm×1194mm　1/32
字　　数	100 千字
印　　张	6.25
版　　次	2017 年 6 月第 1 版
印　　次	2020 年 1 月第 2 次印刷
书　　号	ISBN 978-7-5513-1184-7
定　　价	25.00 元

版权所有 翻印必究
如有印装质量问题，可寄出版社印制部调换
联系电话：029-81206800
出版社地址：西安市曲江新区登高路 1388 号（邮编：710061）
营销中心电话：029-87277748

序

最诗意,在长安

韩霁虹(太白文艺出版社总编辑)

送你一个长安 / 李白杜甫 司马长卷 / 唐风汉韵 锦绣斑斓 / 采些许诗意观照明天

诗人薛保勤吟唱的长安,是"一城文化半城神仙"的诗长安。这里有诗经故里的"蒹葭苍苍白露为霜",有终南别业的"行到水穷处,坐看云起时";这里有沉郁忧思、欲"大庇天下寒士俱欢颜"的杜甫,有傲视八极、"天子呼来不上船"的李白;这里曾经绿枝低垂灞柳风雪,这里曾经樽壶酒浆曲江流饮。

郁郁《诗经》,浩浩汉赋,煌煌唐诗。真是个从千年诗脉韵律中迤逦而来的诗都长安。

当年诗意盎然的长安,今安在?

被称为"文学大省"的陕西文坛,当下更多关注、推崇的是长篇小说。成就丝毫不亚于小说的诗歌群体，大多疏离于体制之外，被忽视且边缘化了。

然而，独立探索，自由先锋，守常求变，孤芳自赏，陕西的诗人们倔强生长，墙内开花墙外香，活跃在全国乃至世界的诗坛。几乎每一个重大的诗歌事件，陕西诗人都未缺席。但陕西诗歌的整体宣传和出版却在缺位状态。

有些人是读着诗慢慢成长的，有些人是读着诗慢慢变老的。作为一个中文系毕业、在诗歌陪伴下成长并变老的文学编辑，对于陕西繁茂又略显沉寂的诗坛我是有些耿耿于怀的。

于是有了这套"长安新诗典"。召集活跃在当下诗坛的陕西最有代表意义的六位诗人，自选出道以来最满意的诗作。每人一本。

阎安、伊沙、耿翔、秦巴子、李小洛、周公度，六位诗人，诗歌立场和美学趣味不同，在体制内与体制外、传统与现代之间，保持了各自不同的精神气质。他们以匍匐的姿势聆听万物苍生的一呼一吸，用细微和宏大的多维视角解读大地和生命之美，标明自己灵魂所坚守的精神高度。他们与"哀而不伤，乐而不淫"的古老诗歌美学遥相呼应，与"这是信仰的时期，这是怀疑的时期"的当下时代一同起舞。他们安静沉稳拙朴，他们狂放自由灵动，他们温情又冷峭，他们自信又舒展，他们以自己的才气和力量书写了当代中国知识分子百感交集的成长史和心灵史。他们写作的丰富性改变了传统诗歌的面貌,对我国当代诗歌时代性的转型和读者接受心境上的改造有令人惊讶的开路先锋式贡献。他们是陕西乃至中国诗歌的光荣与梦想,将为中国乃至世界诗坛新诗的发展留下浓墨重彩的独特文本。

这不就是最长安的最诗意吗?

中国诗歌的灵魂在长安。这里曾经是中国诗歌的高峰,也是世界诗歌的高峰。即使在新时期,陕西诗人在中国诗坛依然群星交相辉映。

有人说,当下陕西诗歌有高原无高峰。

读读这六位诗人的作品吧。如果读懂了他们的温柔与霸气,触摸到了这些诗歌的灵魂,你就不会说上面那句话了。

伊沙说,西安没有诗歌,就是西安;有了诗歌,才是长安。

一座城市因向诗人致敬而拥有了诗意。

最诗意,在长安。

2017 年 6 月

目 录

第一辑 一百万个你

萨特信笺·003

曲的·004

我的苦·005

深秋之风催促夜行人·006

这么好的信·007

天打雷劈·008

蓉·009

我看到了那只河马·011

蠢货之歌·012

梦境·013

瘦削者·014

你的生命中将再也没有我的消息·015

秘密之城·016

017・小丑世家

018・我的心

019・你就在那里

020・夜行客车

022・苹果花序（选章）

024・你在做什么

025・不要脸

026・乡间蜂蜜的气息通往她的家

027・今日

028・闭上眼睛看见你

029・一百万个你

030・一页书

031・好运气的人

第二辑　乘夜色哭泣的人来了

035・容我叹口气

036・通知哭泣即将来临

037・有些时刻我仍然流泪不已

裂星海胆・038

直到肉身消失・039

一封信・040

悬崖・041

深夜之歌・042

基础数学・除法之外・043

森林之内・044

原谅我,时间・045

登嵯峨山・046

我会是一个木匠・047

瘦的妈妈・049

有一天・050

我的路・052

致明日・053

第三辑　星宇辽阔

莫奈：我的错误・057

胡安・鲁尔福来到游击队中间・058

059・巴尔蒂斯与樱桃树下的少女

060・都德在普罗旺斯乡间

061・亨利・米修于 1927

062・酒精服春药

063・美国乡间的安德鲁・怀斯

064・乘船上山

065・尤利西斯的坟墓来信

066・威廉・哈维的血

067・泪水滴漏与吉普赛

068・心心相印

069・夏加尔的蓓拉

070・玛丽・罗兰珊的悲愁

071・注释田野上空月色的人

072・哥尼斯堡的哲学家

073・惠特曼在 1953

074・乔伊斯与亵渎神学

075・沃尔科特与白鹭之静

076・Janne 除了窗口没有地方可以等待莫迪里阿尼

卢克莱修的教导·077

爱因斯坦的表姐与宇宙运行法则·078

蔼理士发明了性爱的引擎·080

德尔夫特的光影·081

一本俄国诗选·082

第四辑　亲爱的科学家

一个十米的吻·085

去年来的人·086

有一颗星·087

颜色·088

她的小黑板·089

泪水春茶·090

割草机·091

蠢货与木马·092

新星系新闻·093

花树·094

履冰过河·095

096・两朵栀子花

097・敦煌之沙

098・我何尝不知道你是一块钻石

099・谦辞

100・野猪

101・明月照心

102・有一些夜晚

103・一间小屋

104・她坐在夜色里

106・蓝色绣球

108・今生所遇

110・"我的池塘"

111・一个人消失了

112・我的命运

第五辑　蜂蜜与佛陀

115・鸽子

116・海面

万物·118

亲切的辨识·120

曙光与幼松·122

重复·123

发现了水源·125

陌生的信息·126

一首斥责理性的诗·127

坏心肠的人发明了语言·128

致象征（之一）·129

穿过涵洞·130

保守主义的心·131

玩蜥蜴的人见过上帝·132

致象征（之二）·133

一座岛屿·134

我的谎言·135

"在当代"·136

反对"强调"·137

我有一种蠢·138

第六辑　猫咪带来了暴雨

141・序诗

142・茶花开过是樱花

143・唯有猫咪能够带来暴雨

144・今日

145・一封简单的信

146・我在房间里走

147・鲸鱼与小兽

148・云朵消失了，但雨水还在

149・一万米与所有的量词

150・一堆坏譬喻

152・有一个人

153・一个梦

154・夜读 *If not, Winter: Fragments of Sappho*

155・一条小河的名字

156・Indescribable Night

157・春夜之菩萨

158・春冰着焰

评论你收到的信·159
晨光中的芒果颂歌·161
即便是一个鞋盒·162
我相信梦境·163
大海在你的身上展开·164
我曾祈求菩萨遂愿我的贪心·165
梦境·166

第七辑　群山遥望

一本《松树》绘法画册·169
《意大利文艺复兴时期语言词典》·170
大气科学专业·171
一本《安徒生诗选》·172
对称与不对称·174
济慈致布劳恩小姐·175
《金刚经》经卷全赞·177
《金刚经》付印跋·178
在巴山体内·179

180·对母亲的爱

181·你这是往哪里去？

182·未来中国的城邦与西周秩序

第一辑 一百万个你

萨特信笺

这封信只有一句:
"你是我的唯一"

以我的深吻封缄
请分别送至——

米歇尔·微安
海莱娜
卡尔曼·科隆巴
万达
我的养女奥莱特·艾卡姆
和西尔维·勒邦

还有你
西蒙娜·波伏娃。

落款:
让-保罗·萨特。1980。

曲的

我一个人回家,
我不要任何人陪我

我的路黑黑的,
我要你们想起来

就哭。

我的苦

我的苦还没有吃完,
前三十年只是铺垫。

在东面有一些,
南面有一些,
西面有一些,
北面有一些。

转眼即可以看见——
天空的云里有一些,
地下的土里有一些;
在梦里有一些,
在你的身上有一些。

转身即可以触及——

我在中间走,
它们在等着我。

深秋之风催促夜行人

"你可看到一个人
他像羽毛那样飞翔?"

"他飞翔下的影子
又像耗子那样爬行?"

"他在爬行中做着
羽毛在风中的梦,"

"他的梦中有小风
掠过山岗的冷,"

"他的冷,是
羽毛贴在冰上。"

这么好的信

为什么没有人给我写信
写一封这样的信:
信里说法国式的接吻
说春天,小城和溪水

说亲爱的,亲爱的。
说"秋天很美,很美
旅途有一点点儿
旧信封才知道的疲惫"

说我喜欢你这样的人
说出许多质问和省略号
说"祝好。某某。
某城。某年某月某日"

天打雷劈

他说谎,
他被真心欺骗,
他处处有借口,
他糟蹋时光;

他在人群中,
是一个人走;

他渐渐抽烟,
他渐渐嗜酒,
他一笑便猥琐,
他不读书;

他衣衫很久不洗,
多有灰尘;

他饮浓茶,
他贪恋睡眠,
他想妈妈,
他不自杀。

蓉

蓉,
你站在楼檐下,
千万别离开,
我去不远的地方
一会儿就会回来。

你不要东张西望
蓉,
那条街上坏人很多
如果有人问你什么
你就只摇头　什么也不要说

我,在敲一扇门
那门锁里锁着锁
蓉,
我的心中万分焦急
你呀,千万不要离开

你的头发要放在你的胸前,
你的手要放在你的兜里
你的心要放在你的心里

蓉,
你千万不要轻易离开

我只是去不远的一个地方,
去敲一扇门,那门很快
就会打开　我一会儿就会回来
你千万别离开　别离开
蓉。

我看到了那只河马

哦,我看到了那只河马:
他把整个身体埋在水中,
隔上四五分钟才露一下脑袋。

他的鼻孔好大;他可真能忍耐。

蠢货之歌

我的微笑全部来自伪装；
我的淡定全部因为无可奈何；
我的失败多是咎由自取；
我的骄傲完全不值一提。

梦境

以二十四节气计算这一年的痕迹，
以窗前花与树的枯荣
判断来信的日期，
以世间所有的深夜
为敌，复为友；
以地球上每一座你走过的城市
来做我的梦境。

瘦削者

当一个瘦削者
爱上另一个瘦削者
他们的爱是瘦的
他们的日子是更瘦的

他们不可能改变什么。

你的生命中将再也没有我的消息

我会烧掉照片,
撕碎日记,
再不经过你家门前。

秘密之城

有一年我想去稻城,
看那白桦林里的溪水。

我珍藏的一份剪报上,
有线路和旅馆的标记。

如果没有其他的琐事,
今年秋天就能到达。

那时我要赤了双脚,
踩一会儿落叶和淤泥。

我要找一棵小树,
刻上一个人的名字。

我一直关心着她的消息,
而她永远不会知道。

小丑世家

他尽职尽责,
把小丑　演好。

他是小丑里的天才,
从未复制过别人。

我的心

在云朵之上,
在雨水之中。

在每一个幼兽的眼里,
在每一棵植物的根系。

在你的岩石之内,
在你的冰凌之内。

在布匹的空隙,
在河流的泥沙。

你就在那里

你就在那里，
始终在那里；
从未有改变，
从未有变迁。

夜行客车
——给小狗

你什么都好,
除了爱说话。

我喜欢你爱说话,
像时光一样珍贵。

风吹过日历,
像你的生气。

你即使生气,
也有夜间行走的美。

我慢慢学习你,
按时采摘草莓;

问候街边小狗,
不爱绕行的水。

你是多么地好,
像被时时等待;

像山上的夜月，
还有假日的吻。

但我有颗可恶的心，
心往石的缝隙间挤。

挤在乡村公路边，
等再次满面灰尘。

等夜色上来，
等凉风过去。

我不是那个拖拉机手，
我不会微笑。

也不会果断，
你多么厉害。

你丢了我的消息，
我隐隐知道。

没有人会等我，
这样犹疑的人。

苹果花序(选章)

16
只要看到你,
一千句话就不需要说了;
只需要看着你,
一千句话也算是说过了。
我只要看到你。

26
要叙说朴素的场景,
纪念简单的时光,
回忆沉默的全部内容,
记录这安静的一瞬;
美只在它们之间。

41
不管时光如何变迁,
这一幕总不会再有改变:
你吻过我的嘴唇,
我的嘴唇吻过你,
嘴唇到心紧紧相连。

42

河流最终通往大海。
那么每条河流,
也就拥有了海水的消息。
大海的每次潮汐,
河流都会遥遥得知。

你在做什么

现在,
你在做什么?

一会儿,
你要做什么?

再一会儿,
又做什么?

昨天,
你在做什么?

前天,
你在做什么?

明天,
你要做什么?

后天,
你要做什么?

我只是问问,
不用回答我。

不要脸

他在度光阴。

乡间蜂蜜的气息通往她的家

她的眼睛是甜的,
像厨房里的蜂蜜,
像雨水中的心。

她走路的样子是银器,
像梦里的树枝,
像月光下的风。

今日

我能感觉到
我的心
倾倒向你

闭上眼睛看见你

闭上眼睛,
便看见你;

比早晨更清晰,
比黄昏还甜蜜。

睁开眼睛,
看不到你;

比月亮还遥远,
像日光在身边。

一百万个你

即便是时空无限,
深入又广博,
出现一百万个你,
光芒逼人,如寒夜繁星,
如团花簇锦,
如江河之沙金,
我还是不再改变。

一页书

山谷中的百合,树林里的月光;
飞翔过的鸟群,落叶下的小溪。

都不能使我忘记你。

好运气的人

古代的书上,
有许多好运气的人。
他们爱一个人,
就爱到死。

古代的坟墓里,
也有许多好运气的人。
他们爱一个人,
就埋在一起。

第二辑 乘夜色哭泣的人来了

容我叹口气

……娘,容我叹口气。
这口气本应在夜星的天上,
有咱家菜园的影子,
却一直在我的心里。

这口气的形状——
与你给我的心,完全不一样;
它像住在咱家的狗的爪隙里,
咱家的狗也要踢脚甩开咧。

那——这口气,
就只能住在我的身体里。
在天上的娘,你给我的身体,
我叹口气就想起你。

通知哭泣即将来临

我要通知一万个人：
今天有个中年人来
他让我不要告诉你们
"我要哭一会儿。"

他以为他擅长哭泣
这次又临无赖的中年
难道如此意义非凡？
自恋反复喋喋不休。

嘀，这个中年的蠢货
全世界唯一信得过我
但我怎么能够辜负你
你们这不要脸的一万个人。

有些时刻我仍然流泪不已

虽然我年近中年
但有些时刻
我仍然流泪不已。

空置的房屋,只行的草虫,
遗弃的微物,古代的石雕。

它们都让我屏息
悲从中来
每一次都是如此

天上的游云,夜晚的芒星,
角落的蔷薇,梦境中的你。

片刻的闪现刻入我心
纵使中年迫近
我依然不能无动于衷。

裂星海胆

……深埋海底吧,
水流移动泥沙,
掩埋海草,花形的心,
与浮过水面的鱼。

直到肉身消失

直到肉身消失,
你都在我的体内。
在醒来的刹那,
在入眠的叹息,
在鞋子触及的每寸地面。

但直到肉身消失,
你才离开。
你飘浮于我的上空。
我上空的云朵飘到哪里,
你就驻扎在哪里。

一封信

这一封信不寄给你
不寄往这人间
我要寄这封信到死神在的刹那
告诉他切勿忘记来临之路

信使不是你的家臣
我要使用他尽情淋漓
让信中的所有呈现于他的脸上
直到他自言自语

"此人心灰意冷,死不足惜"

我要让这封信中的冷结出冰凌
让信纸的白附上霜白之色
让每一个字的寒气使寒风羞愧
让信使寸步难行心痛哭泣

我的心意即是如此
这封信不寄给你
不寄往这人间
我要让死神见到信使的刹那说出

"啊,你什么时候带我去"

悬崖

山谷在期待什么
海浪在梦见什么
你坐在悬崖的边际
请你告诉我

不要为我描述风景
不要记录每一刻
不要说你的绝望
不要说你看见她哭泣

我只要你告诉我
她跌落悬崖时
她的心是否已死
给我她的死心

深夜之歌

对于那些往事,
羞耻多于甜蜜。

钟表分秒紧迫,
警示人生有无限的格局。
尘世的他端,
琐屑、荒诞、无措。

紧随在空洞的
浪漫词汇之后——
那无边的羞耻,
从未自心中离开。

在所有需要逃避的时刻,
应约而现;
它击打我的膝盖;
唾弃我的尊严。

你我并未呼吸
于云朵之间。

基础数学·除法之外

你要听话,
手放在背后,跟我学:
一一得一
二二得四
三三得九
四四一十六

你要听话,
手放在背后,跟我学:
一加一等于二
二加二等于四
三加三等于六
四加四等于八

你要听话,
手放在背后,跟我学:
一减一等于零
二减二等于零
三减三等于零
四减四等于零

Again.

森林之内

这附近肯定有一条河流,
绕过最粗的那几棵树木,
也许我们便能够发现它:
它安静但仍激起了波澜。

如果我们逆水流的方向,
缓慢上行到兽迹渐多处,
也许我们会看到两个人:
他们在搬运筑房的木料。

那几近完工的泥坯墙体,
院墙以草的高低来分辨。
也许这两个人并不存在,
他们根本没有招呼我们。

待日暮林内的幽暗升起,
他们停下来坐进黑暗里。
我们解开石头上的绳子,
然后乘小船顺河流而下。

原谅我,时间

我不曾细心地生活过任何一天
属于我的时间在别人的河流里缓缓而去
爬山虎的绿荫重新覆盖了围墙的时候
我才记起它去年冬上曾经枯黄,被雪轻压

现在我的节奏渐渐慢了下来嗬,我被
去年的闲暇报复,如今要学习树木的独处
聒噪繁乱的日子中我丢弃、忽视的事物
全来了!他们微笑着,逼迫我背对他们的脸

我在西南的一条江上,乘小船逆流行过
那船下的水声仿若我体内的血哗哗流去
时间啊,如果你感觉到我还在你的水中漫游
你体内的野兽,那美丽的獠牙,请吞噬我!

登嵯峨山

此山高耸,
不能望断。

我会是一个木匠

已经是这样了,
我不再想着议论它的
迅疾和不容悔改。
我也不打算告诉别人
我收藏了那么多石子,
只是为打一个水漂。

而每一天都是昨晚
刚刚出厂的砂纸,
粗砺远超出我的想象;
它和闹钟一起看我
被陈水逐年浸蚀,
锈迹渐深,越来越薄。

如果我重新选择,
我会是一个木匠。
我的活计很是粗糙,
打歪的钉子有一小箱。
箍的木桶不适宜洗澡,
只能装红豆和大米;

然而,我做的板凳
却非常结实,
可以站在上面放置番瓜,
也可以拿它砸核桃,
如果铺本杂志,
还可以揽着情人说话。

我的邻居都爱借我的工具,
用卷尺量身高,
使锯子觅好渔竿。
我的小狗也喜欢刨花。
娘,我是一个木匠
你不要生气。

瘦的妈妈

在地铁上,遇见一个人:
她和妈妈很像,
就像是妈妈的灵魂。

但比妈妈矮一点儿,
就像是我饿瘦了妈妈。

有一天

有一天,你会死
死在这里
或者那里
再也不在此生
挂念我。

你把此生抹去
你的计划已久
一点一点去做
从骨髓到心
从不迟疑。

你死后也要
浮于天宇
星日辉耀
你看得见我
在灰尘中

泪水连心
心连不到天宇
隔世的眼睛里

你在身边
我找不到你

有一天，我会死
死在这里
或者那里
死在一个地方
不再梦见你

我的路

有些人是执意不见的,
有些人是执意不喜欢的。

致明日

我期待的深夜
是一个暴雨之夜,
是雨点可以击碎
水泥地面的夜。

第三辑 星宇辽阔

莫奈:我的错误

亲爱的卡米尔。面对自然的秩序,"在确定自己的感觉时,
我展示了很多错误。"但是这既定的一切,正如你我早年的时光——
任何光线的微妙闪烁,与所有植物、岩石、河流、建筑的接触,
交织出的丰富色彩,都是合理的空间。我直到很晚才意识到这一点:
自然的美,需要捕捉而不是加工。那些斑斓的溢彩并不虚幻。
睡莲花园是你未曾见到的想象的几何。然而,亲爱的墓地中的卡米尔,
我为之着迷的铅白、镉黄、朱红、钴蓝、翠绿,终归是短暂易逝。
真实的存在,至为巧妙。我在睡莲叶脉下的纹路上等你。在桥上。

胡安·鲁尔福来到游击队中间

烈火燃烧过村庄的草木。黄昏的云低垂。牛羊醉卧木栅墙角。

你从山岗的一侧走来。鞋面落满尘灰。像一个持枪寻马的人。

"也许他在找一个年轻的穿布裙的小胸脯女人。"人们如此议论。

"那就让这个女人来吧。"你在深夜山中小镇的酒馆甩着刀子。

一个全身滚烫的小女人带着平原上所有的火柔软地应声而至。

巴尔蒂斯与樱桃树下的少女

扑克、睡眠、梦中、着裙的持镜少女、阅读者
藕圆骨节的裸身女孩,让时光暂停的刹那,
郊外的夏日庄园、玫瑰色的九十三种分色;
牛角形的左乳,奇异的山峦,赤脚下的秘密,
柔软的双袜、无声的少女阴部,猫在的镜台;
每一扇罗西尼尔的木屋窗户,如寄喻的吉他。

都德在普罗旺斯乡间

晚上聊天的时间不会很长,在眨眼睛的炉火旁边。
她提起她的银水罐,到月光下的井边去打水。
樱桃树上的猫头鹰,山楂树上的知更鸟,寂静无声。
在那儿,她看见了——三个披金戴甲的骑士……
他说:"您好,美丽的小娇娘!"

亨利·米修于1927

"我唾弃我的生活"——
但我何曾做过努力与之分离。
我想象自己身处距离你万里遥远的国度,以使你感觉不到我的沮丧,测量不到我的忧虑、恐惧和不幸,看不到我受难者的脸,"被生活、意志、野心、喜爱公正和谐所扼杀的脸,窒息了的'我'的脸"。
然而!即便是在梦中,粗莽的交际、日常的庸人、欲望的光明,亦纷纷夺取我的鳄鱼之梦。
敏锐意味着悲剧的重临,跌入失常的境界和人际的边缘。
——但这即是我的生活:
我的生活,是在水下拖着一辆陈旧的四轮马车。
只有天生疲倦的人才能理解我。
你就是。你什么时间来!

酒精服春药
——摹写瞭望农场中的海明威

把她反扣在桌子上,
眼望着窗外的青山,
写下:"战争仍未结束——"

这个细腰的女人,
蛇扭了一下腰身。
如炮弹砸入松软的泥土!

美国乡间的安德鲁·怀斯

海风吹进贝壳里
会说些什么

贝壳陷在岸沙里
会想些什么

草地上的残雪
在等什么

你在木屋门口
看什么

你不知道
是什么,就来,

告诉我

乘船上山
——赫佐格与这世间的每一座火山

端坐于火山之巅,
等待一次奇异飞行的人,
他选定的位置,熔岩鼎沸,
群山低小,远树如草芥,
硫磺的气息弥漫烧灼。

从慕尼黑飘散到法兰西,
从非洲的坦桑尼亚和肯尼亚沙漠,
到拉丁美洲的原始丛林,
越过所有的寂静与黑暗之地,
落在秘鲁山峰的旧船之上。

尤利西斯的坟墓来信
——加缪手记

群凶追袭,"佩内洛普!跑起来,一往无前!"
朝向布满青苔的神像所在之地,深入沉寂的提帕萨;
南阿尔及利亚绿洲城镇的跳动阳光,生气勃发的泥土,
芬芳、灿烂,远古的崭新气息,充满白色玫瑰露水
和野胡椒香味的清晨,全部纳进流亡的独立王国——
抵抗、反叛、误会,即便死亡,也无法阻止 Puritan *
羞于同行的心!踢着石子。"苔丝狄蒙娜!"
穿过北非洲简单的宾馆房间,来吧。他期待你。

*注:清教徒

威廉·哈维的血

你在湖边呼吸,你的心便有湖水的色彩;
你在郊外的山上,你的心仍有昨日的气息。

也许你是我体内的血液,驱使着我每一刻的心;
你无处不在,但你在哪里。

为什么我的脉搏跳跃,如随风中的雨点滴落江面,
声声翻腾,
而我的呼吸平静,如你在我的梦中,就像月光下的
冰凌。

泪水滴漏与吉普赛

蓝色的身体。七层的褶裙。羊皮缝猫皮。
泥涂的刺猬肉。洋葱烈酒下入睡的魔力芸豆。
贝壳。蛤蟆。水晶球。塔罗牌。四脚蛇。
它们与她们一起,窃窃私语。在磁石的神秘节奏里;
随大篷车的律动摇摆,计算到达星辰的距离。
月亮照拂白色马。Exils*。谨记桦树斑驳的季节——
沿途包裹血色红豆;轻击铜壶纹路上的小兽。

*注:被放逐者、流亡者

心心相印
——致泰戈尔

不需要翻越千山万水,
你就在那里;
我心中的人,
你的宇宙多么宽阔。

夏加尔的蓓拉

蓓拉,我的爱人。
我在莫斯科、柏林,
在波兰、巴黎、西班牙,
与在叙利亚、巴勒斯坦,
有同样的一颗心。

这颗心朝向你。
朝向你在的山峦,
有花的室内,
与维台普斯克的夜空,
渴慕着你飞翔的吻。

玛丽·罗兰珊的悲愁

亲爱的牡鹿,穿过初夏的花园,把阿波利奈尔的醇酒渗入画笔;
再把体内的灰绿与柠檬之黄,逼入褪色的蓝与深抿的嘴唇之中。
从巴黎到西班牙,到德国。孤单的星辰始终如一,映照消瘦的侧脸。
那难以启齿的梦划过夜晚和画布的纹路,如记忆在深秋的凉台雨滴,
插着鲜花的水瓶溢出陈水,恍惚蔓延,宛如魅力王子的到来。来!

注释田野上空月色的人
——致哈代

注释田野上空月色的人,
站在春初草丛的泥浆中。

山岗上的夜风静寂清澈,
吹拂过耳通往对面麦乡。

为何流星划过树梢窗台,
没有声音犹如你在身边。

哥尼斯堡的哲学家
——致康德

理性的美妙光辉,
在哥尼斯堡的花园中;
五点钟的晨曦,
照耀善与美的宫殿。

真实、广阔的宇宙,
完美行为的内部法则;
普林采辛的街道,
鲜明、隐喻的智者。

惠特曼在 1953

就像一个青年,步行过山谷,又穿越沙漠;
就像你在身边一年,但事实上只是一小时;
就像每一滴单纯的血液涌动,却可以使所有的人为之动容;
就像吟唱着暗夜中的微物,想着心中的女孩,到达白昼;
就像白昼与暗夜同时来临。

乔伊斯与亵渎神学

就是这样。将亵渎上升为神学。
纠缠的梦境比酒馆的墙砖还要熏然,
比下等旅馆的咖啡还要切齿难忘——
"我不是取消所有的边界,而是
从未曾看到过,体会过边界的危险。"

危险的是:我体内的每一个人——
都在时刻言语。不由分说,不计后果。
吞掉魔仙草果酱,再吮掉所有爱尔兰夜晚的汁液!
尔后窃窃私语,"我无原则地听从他们,
在他们尽情之际,随时,将他们统帅。"

沃尔科特与白鹭之静

青春遥不可及。中年如瀑布不可追回。你在更晚的时间:
对死之即至与时间的咔嗒之声,体悟已不再从容。
然而,日常的微光之下,埋伏的尖利依然存在;
窗口的阵风,音乐的组曲,教堂的台阶,海鸥栖息的木桩——
一切如端坐塔尖,静观杯水中的波澜。
时时浇灌精致的古典之心,如期待暴雨临于海面:
记录鹭鸟脚爪上存在的小心翼翼的一刻!
"世事在心,再无疑问。"
美妙而精准的观察家,得知了所有的答案,却从不尝试予人愉悦之思。

Janne 除了窗口
没有地方可以等待莫迪里阿尼

这样是困难的,这样是危险的:
在酒馆的某个角落,
和着浓黑的咖啡与雪一样冷的血,
画下一个人的眼睛。

画下珍妮所有的忧郁;
她月牙形的嘴角,泪水经常滚落的鼻翼,
用你河流一样的夜晚,
画出她跌下的窗口。

卢克莱修的教导

你,一个自私的人:

把悲悯里的甜蜜去掉
把施以援手时的庆幸之心

摒除

不要犹豫——
回到"一"上来

爱因斯坦的表姐与宇宙运行法则

艾尔莎,亲爱的表姐,我的女战友
宇宙间一切事物的运行法则
如此清晰、简洁、立体——优美:

如你所未见,埃尔斯,我的外甥女,
越来越可爱了;你的妹妹宝拉
昨天在普林斯顿校园的草地上对我微笑。

伽利略的小木桶、牛顿的铸币厂,
均由原子,微妙的元素,协调组成
我热爱的是它们之间的缝隙——

在光线的波动与照耀之下,
时间,它的持续奔走,永不歇止;
从一个点出发,吸收、释放。

——相对的恒速运动。一个完美的坐标:
你眨眼的瞬间,在我体内的心动,
足以使空间缩小,万物弯曲,改变海浪曲线。

如果我的情不自禁没有突破之口，
一种新的物质，将在密闭的纸盒被发现。
不是过往的米列娃，重力之波。

我重新定义了宇宙的结构，但无法定义你。
还有那些天真胆小的人。他们今生来世
也无法触及那支配物理与自然法则的双手。

蔼理士发明了性爱的引擎

我对性的理解,是数学家的几何学:
它的秩序,和物理学家心中的宇宙一致;
可以用尺子、圆规与铅笔、望远镜,
测量出它们的未来。曲线的演绎之美,
最终以函数的形式呈现。越过所有新的定义,
抵及矩形、菱形、三角、梯形所在的镜面。

德尔夫特的光影

此生漫长,只记录静止的时刻,已经消耗了太多的闲暇时光。

相比宫廷的日常,城堡内的争斗,闲暇是珍贵的,是爱的唯一目的。

看看倒牛奶的厨娘即可。无须问询林中的戴安娜和她的宁芙同伴,

何谓世俗的爱?圣伯瑟蒂的眼帘为何桃红?玛莎的凝望为何如此明静?

织花边的少女,弹鲁特琴的少女,写字的少女,戴珍珠耳环的少女

持水壶开窗的少女,支颐沉睡的少女,读信的少女,音乐课上的少女:

如果绘画需要信仰与隐喻,那至诚的与复杂的纠葛相会,

都将体现在弹吉他少女的眼睛内。轻启的唇齿间。德尔夫特的河面上。

一本俄国诗选

即便雪骤风狂,桌布粗糙,也不能舍弃这一餐暗夜的啤酒与白菜汤。
地上的松明噼啪作响,摆上片片面包,我的朋友,俄罗斯的稀粥之内,
尊严成颗粒之状。脚下的积雪、两侧的桦木与橡树,身后的马车,
空心的柳树,幽暗的晨光,路途的艰难遥远隐匿不了尊贵者的足迹;
非正义的权力覆灭了人类的尊严,沉寂的苦难激荡着自由的意志。
俄罗斯的原野无处不是坟墓,但也遍布荣誉的花丛。
"战栗吧!暴君!"

第四辑 亲爱的科学家

一个十米的吻
——听巴赫协奏曲之一

轻轻地下了楼梯,
沿着河边走,
冬日的榉树林中,
有一个十米的吻。

掠过山脉的海风,
经过早晨的面包店
傍晚闪耀的橱窗,
到达她的大衣扣眼。

有一个十米的吻,
从指间到脚尖,
从发梢到胸前,
从胸前到肩胛。

最后一个深吻,
落在轻柔的鼻尖。
而揽着腰的手,
像草莓放在琴键。

去年来的人

去年来的人,
闪耀在明日。

由一本书
一首音乐牵引

一瞬间
我看到了
海岸

广阔的冰
蓝色的傍晚
榛树落叶

海水环绕的
一千座岛屿。

有一颗星

群星闪耀于夜色,
你也是。

颜色

你是蓝色的。

从言语
到梦境

一日中的
每个时辰

背景乐
与沉默

概不例外。

她的小黑板

在卧室的衣柜边,
她挂有一块小黑板。
上面写着:

*** ** **
****** *******
** ** *
& % ******
** = 一

早晨起床,
只需要侧着看一眼。
"太美了。"

对于一个 ** 的人,
公式与数字
是一面 ** 镜子。

泪水春茶

即便千里之遥
穿过夜色
也闻得到她的泪水
的味道

苦杏仁
在清的冷水中
遇见糯米
与冰糖的凉

割草机

你说句话
割草机

去年冬天
你在哪儿
今年春天
你笑什么

你在笑我
隔着木栅
在阁楼里
闻着青草

但割草机
你说句话

蠢货与木马

嚯,我见过一个蠢货:

他每日骑在木马之上,
以为自己正驱驰去向原野。

新星系新闻

你当然就在其中。
我也是。
但在此生,
又能如何。

宇宙浩渺宽广,
亿万个 2700 万光年相待。
只有梦境可以抵达,
只有夜晚可以看见。

花树

有一个骄傲的人
她出现在我心中
她美丽的手指拨开
一百年的乌云

而她的每一个瞬间
都披着日月星辰
她言语的字里行间
仿佛在说:

"时间,它算什么。"

她的一切越简单,
骄傲越明显:
她种植的西红柿像南瓜
她的盘子像湖水

虽然我只看到过
她的一个侧面
但那个侧面
像一株花树。

"不需要说话。"

履冰过河

只有相爱的人
才能明白
言不及义的秘密

那小心翼翼,
那微薄的、令人心颤的
仿佛于无的甜
那冰河解冻的冰凌
交错时的
声音里的风

那可以看见的,不可预知的未来
那你站在面前
即将转身
的一刻。

两朵栀子花

我知道你去哪里:

大熊星座的夜空
一百条鲸鱼游弋的海域
小卡车的油烟
弥漫的街道
山影隐退的车站
它们都在一首音乐里:

"送你两朵栀子花,
它们会像我般倾诉。"

敦煌之沙

昨天我到兰州
明天早晨出发
途经几处汉魏古迹
傍晚即至武威

后天夜宿张掖
空寂的丹霞峡谷
与秋日的晚风
等待着我——

然后,抵达
敦煌沙漠
在夕阳下的沙丘之上
写一个名字

我何尝不知道你是一块钻石

我何尝不知道你是一块钻石
我还知道
你是我头顶上空的星云
我路过的树林
梦中的溪谷
遥远的信
草茎的轻露
即临的傍晚风声
我都知道
都知道
那是全世界每一个角落中的
全部的你

谦辞

两个在夜色中相对而坐
却又不说一句话的人,
其中一个人是一只狗——
它凝视墙壁的样子尤其肖似。

我在餐桌下握住它的手,
交错叠加的、心事重重的十指,
传递来它所有秘密的中心:
有的人用稻草仿制建筑钢筋。

为此,她问了我两遍:
"你在看什么呢?如此入神。"
我看着她的眼睛回答:
"我是一只狗啊。不知怎么说话。"

野猪

我认识一些小树
一些小花
它们在一处
自然的山坡上
等风来
等雨到

等夜幕降临
等晨日升起

等蜻蜓
等蜜蜂
等啃草的兔子
即便——
等野猪
也不等一个人

明月照心

翻一本书
到深夜

就像——

在清晨
看一张照片

有一些夜晚

有一些夜晚
我想起你
像月光下的一棵树
比其他的时间
更坚定,更清晰

它是一粒种子
在黑暗中生长、蔓延
没有可触的形体
却像是我的镜子
映照出那些
未曾说出的言语

而你就在镜子的背面
往幽蓝的深处走
沿着冬季湖岸
默想着一部电影中的一幕
回过头,看一看

一间小屋

在山中,
在湖水边,
在森林深处,
有一间小屋,
等待着你。

她坐在夜色里

她坐在夜色里
写一封信给泪水

昨天的泪水
前天的泪水
心里的泪水
梦里的泪水

一个都不遗忘
一分都不耽搁
写满眼睛
和——脸颊

卧室的泪水
厨房的泪水
桌腿的泪水
屋檐的泪水

每一寸空间都要提及
每一个角落都要记起

字越写越少
信越写越短

"此心如月光,
明暗复明暗。"

蓝色绣球

一株蓝色绣球
在你的楼下
渐寒的秋日晨光中
伞花成序

我以为这是我
因土壤而变幻不定
令人难以确信
它的本心

也许这是我的误解
它的明丽之色
并非因某个地点之异
形生不同

但我了解的科学
是它的体内有全部的色彩
今生的所遇
便是此世选择的自然。
——它还是我。
这其中的不安
唯有弱者能够得知

唯有借口以成退路

一簇蓝色的绣球
每一个角度都是那么精致
如溪水的清澈
它的整体也是如此

我相信它是宇宙间
守恒之美的典范
是天文与物理学的方向
也是化学的。

它只是一簇绣球
薄柔的熠熠光彩
在你楼下的草坪边际
它就是你看我的心
我的变幻犹疑之心
我形同虚设的意志
与你在的遥远谷地
你的美

亲爱的科学家
我能言善辩
却不知从何说起
自然中的绣球花。

今生所遇

为什么我们想一个人
却仰望星辰
期待夜晚
又向往黎明
而不是乘车离去?

我们明知时光迅疾
却犹豫寡断
穷思借口与退路
虚荣比心大
难道今生小过慌乱?

道德的谱系
以伤心的美学
维持相对的公正与和谐
但圣人们的轶事
又如何解说?

宇宙间的律动
如果不是自我的琴弦暗拨
而是无我的时空游弋?

那么今生我遇见你
的意义在哪里？

不对等的事物
不会如此惊心中带着喜悦
所有的差异都是
相知相悦的深度与领域
你与我互相容纳

在冰中看到水
在水中看到雪与杉树丛林
在丛林看到湖泊
看到傍晚的电车驶过
在电车站看到你

我想象过无数次这一幕
无数的自我
浑然放下一切
此时此刻
站在你小屋的对面

"我的池塘"

无论池塘有多大,
我都希望有条小船:
好像随时可以划入大海,
而你就在海边。

一个人消失了

一个人消失了,
就像前天消失在昨天;
江水忘记了溪谷,
星辰闪烁在夜幕。

夏日的晨风尚在山麓酝酿,
陌生的人便翻开了日历,
去往无人相识的岛屿;
此生如磐石,非松柏不能开。

夜幕虽然消失了,
昨晚的芒星还在。
大海平静地承载着船舶,
牡蛎依然遵循着潮汐。

小草藏匿于松下,
见过你的雨云却翻山越岭而来。
一个人消失了,
我的心里记着你。

我的命运

这是最好的答案。
对于一切困境,
我只需说出——
哦,这是我的命运。

所有的忐忑
便都放下了;
所有的怯弱
不再以犹豫的面目
羞愧地出现。

我反复念诵这句箴言:
我的命运,
我的命运。
直到它揳入血液

一生如泥牛入海
冰层融汇成河
不再改变;
直到夜色降临
直到你出现。

第五辑　蜂蜜与佛陀

鸽子

雨后窗台上的鸽子,
它的鸣声,安静、沉着、内敛,神情像枕在纱枕之
上,侧眼观看客厅花瓶里的一束百合。
糯湿的音律,被夜间露水浸润过的玻璃,再次分
解——
有了春水源头之冰的明净,
带着羽翼。

海面

乘小船去看深海鲸鱼
船舱逼仄
装不下这一颗心
但拥有这颗心的速度
饱满、富裕
如在国王的厨房
四季瓜果
——滴着晨间井水

沿途的风云
暴雨与晴日交叠而现
速度完美
在喘息的间隙
不忘通知深植的海藻
在海龟的背部
隐藏起迅疾的闪电
看风吹海面
千里万里——
七彩闪耀!

如若没有鲸鱼在深海
浪花之美
春树之绚丽
山峦起伏之深意
海水之幽蓝
小船摇荡的刹那之心旌
岂是人间所知?

万物

把草莓放进去,
就像胖喜鹊,
来到草莓丛林。
把桂圆去壳,
放进去,
就像夏末的清莹葡萄烘焙在炭焰高炽的小火炉。
吉美的红光照耀,
有个声音叮咛我:
 "把蒸熟的米饭,
还有那盘青菜,
——放进去。放进去。"

拉开旧日的窗帘
把夜晚与群星放进去;
推开阳台的门
与蓝色、紫色、黑色与藕白
站在一起。
这是客厅过道的气息,
西红柿重新回到晨光粼粼的园中
沐雨之后,
连梗带叶的气息;

叶尖垂露
微风摇摆的气息。

万物纷纷后退
再后退。
退回到秋日的原野、丘陵与谷仓
退回到金黄、湖绿、朱红、苍蓝、栗褐之中
与薄暮交织在一起。
"木栅栏消失了,
溪流缓缓而至。
小牛饮罢泉水,
步上青草山岗。"
眼前的小路曲折向远,
"今生的此刻,永不休止——"

把食碟上的茶叶与花混合在一起
把清水倒进玻璃杯里
让花蕊的形状
与根茎剖面的纹理相知相契;
让日月星辰舒展四肢
发起合韵合律的小颤抖,
与嘤咛之声、墨西哥的小桔梗、梨形的柠檬浑然一体。
像繁花在枝头
像蜂巢里的蜜。

亲切的辨识

我来世的印记是什么？
在哪里？
一株树，
还是厨房内的一件器物、
一片闪过的云彩？
也许就在你的身上，
你的眼睛之内，
某一个刹那
你嘴唇的翕动：
这是你予我的辨识。

你会在什么地方
什么时间出现？
是否要读一页哲学课本，
经过柏拉图与庄子
才能绕回到你的身边？
坐在南瓜的边际
坐在芒果的对面
答案就在你的身上
你此刻的沉默里。

你会看到我，
仍然清洗着苔菜与红薯
水池的沉滞；
我会看到你——
水养小苍兰，
小秤煮咖啡。
没有一句多余的话：
"有一年春日——
的深夜里。"

曙光与幼松

内心可以承受的事物越来越少了。

以往观察带来的乐趣:
是忍冬的花蒂微红,
漫长街道的无人相识;
那是一本稀见典籍或许可疑的喜悦。

我以为冬春之际的零度是完美的,
寒枝枯叶是减法的山水,
曙光了知万物的本原
自有逻辑处理色彩的分配。

这是苍翠群山之下
江河溪流的涌动;
一株又一株幼松的簇动梢头
空蒙密织的勃发冠宇。

如今——
我越来越不懂得你。

重复

在陌生的房屋里，
洗衣、做饭、插花、烧水
整理冰箱——
有时看窗帘、搬沙发
即便辗转而眠。
为什么仿佛不是生活，
而像是重复过去的某一日？

阳台与杂物形同虚设，
餐桌与杯盘毫无意义，
卧室至客厅，行走一百遍
每次都仿佛——
砺石磨损着刀刃；
旧钟表卸取了齿轮；
并非是雷雨唤醒了红叶石楠。

不存在的细节替代了我的生活，
螺旋马达上升的力
轻易地被风和一场梦阻断。
低声地赞叹木瓜的颜色，
沉默着喝掉一杯清苦的咖啡；

心与自然的循环律
来到芜乱的餐桌。

这些威逼感性的覆盖之物,
它们的来源多么地荒唐啊!
我几乎陷入它们的围困,
只有身居异地陌生的居所,
才有足够的勇气——
把它们投掷于铁轨上,
清晨的涵洞中。

发现了水源

在公园的一个僻静的角落，
我发现了一丛濡湿的草地。

顺着松软的水痕，
湿润的草尖，
几株直耸的银杏，
是一片小的湖泊。

在湖边的木椅上坐下来，
望着午后的睡莲。

流云飘过杉树树顶的时候，
行人驻足于原地；
一阵微风经过我的肩膀，
来到静止的湖面——

它的沉默像一位隐士，
轻轻划出裙状的波纹。

陌生的信息

所有的细节都指向心中所愿
电梯里的雨伞、门口的樱花、台阶上的水痕、街角的形状、行人的容貌与服饰、过往车辆的颜色与牌号、源自灌木丛林的一声鸣叫、随手折叠的书籍页码、紫藤与橡树上空的浮云,
所有视线所及、侧耳可闻的一切

浮云随心游弋
但你并没有出现

山势、楼群、坚硬的路基、冰箱中冷冻的水、吃了一半的南瓜、一次预知寒心的对话。
一幅新买的地图。遥远的未知信息。
记忆就在它们中间。从没有消失。没有一个颤音。

一首斥责理性的诗

我要痛斥那些经验之诗,那些以古典的面目出现的废弃之物,那些沉溺于典籍的渣滓,那些从无纰漏的修身格言,那些以固步自封为雅趣的伪君子,那些吟风弄月的垃圾,以及那些言不及义的宵小,形实乖谬的现代派,自私自利的恶棍,
一群资深的骗子。
我要把它们带到洗衣机旁边,拖拉机油箱上,蚯蚓寄居的泥土里,霹雳滚过的春雷与枝形的闪电下面,来到芹菜与土豆,莴笋与黄瓜,番茄与芒果中间,机器密布的江河水电站的机房内,摁住它们的脑袋,敲击出一首四季歌谣,松开每一个锈迹封锁的螺栓。
直到它们说:啊,伟大的河水源头,江流澎湃所入的大海。
我感觉得到广阔草原上,豹子的华美与羚羊的速度,全部来自巍峨的苍莽群山之下。

坏心肠的人发明了语言

她沉默的时候,像一块镶嵌在黄金上的水晶;
接吻的时候,又腾出手来,
发明了黎明、夜晚和鸟鸣。

那是一万亩鸟羽一样柔软的一个又一个吻,
声音像新鲜糖果一样细腻的眼神,
连路过的人都感觉像是踩着花形的风筝。

但这样陈旧流俗的比喻怎么能够算完?
像厨房里隔夜的剩酸菜,
又像酒坛子上卧着的猫咪的脏脚垫。

她暗示坏心肠的人,如何才能良心不安;
她迅速发明了一种情绪低落的时候急需的语言,
用来给她表达愧疚和道歉。

致象征（之一）

那些不能直接说出的，是否在违逆即知的命运本身？
那些借助于修辞形成的人为美学，是否属于骗子的基因重临？
那些不能简洁表达的，是否今生的智力仅此而已？

上古的哲学早已有了定义：

繁复是浅陋的，
象征是粗鄙的，
诗的美学与修辞是平衡的善意。

人间的一切，终究要在人间显示。
无论上古与今日。

穿过涵洞

我已经习惯了自我说服,
习惯了我是被忽略的中心。
这么多年,
我只是时刻在谅解他们。

这是我成为擅于宽恕之人的不凡动力。
我曾有深居小镇的理想,
但时时期待有人来访的意念
催我体面地选择放弃。

我后退着走路。
这是迥异于你们的前行之路。
以前我是一株玉兰树,
现在我是一丛牛筋草。

保守主义的心

一个优秀的诗人
首先是一个天文学家
一个博物学家

其次才是一个分布爱的人
一个哲学家

他的感性云生云长
他的理性鲸鱼在海

玩蜥蜴的人见过上帝

那人坐在花园的草地上
背对别墅
藤椅面向池塘
一只手掌托着一只绿色蜥蜴的背部
另一只手掌展开
顺着蜥蜴原始迹象的脊柱,
滑向尾巴
露珠在草尖一样的弹动
掌心在他的腹部握出一个随时即将奔跑而出的虚拟面孔
中指停在蜥蜴的下巴
像轻扣湖面。
它们对视了片刻
都闭上了眼睛。

致象征（之二）

为什么我们想念一个人时，
是遥望山峦，而不是心信抵达？
那瑰丽的彩云卷席来甘蔗丛林的蜜意，
而摇摆的树枝又瞬息间使之战栗。

无边的夜色，闪耀的星辰也是如此；
世间万物左右我的意志，因为你——
因为你，因为你，流水山路不再是它们自身，
日历不再仅仅是每一日，你不再是你。

一座岛屿

在群峰之上,暮云之上,凌晨的芒星之间,
是你的嘴唇,你的眼睛,你的乳房,你所有的夜晚与
海洋。

我的谎言

我珍惜它们
我的谎言

我的小美人
它们总在合适的时机应身而现
使我庆幸不已

多年以来
它们努力且奋发
几乎编织出一座江南风格的古典花园

以满园亭台楼阁
湖水绿树
邀请我

登临一座假山

"在当代"

在当代,如今,现在,此时此刻
怀想上古,慕望外域,便能置身其中?
意义在哪里?
传统的规则所约束的内心,为何成为今日美学的标准?

"并非亦步亦趋,而是汰粗取精。"

但这玲珑八面的回答,正是"无我"之论的典雅滥觞。
对当代的反对,也是如此。古代作为一条戒尺,力尽其用;
二者作为建筑的基石,而不是墙体。它是一株旷野之树。
在蓝图线稿中,它面对的是遥远的河流,而不是篱栅。

"遥远的地平线,在我的眼前浮现。"

反对"强调"

我反对夜晚建立的秩序
反对有重量的词语

反对一种轻
反对有心人

有时反对象征
反对素朴但不真实的一切

我反对强调

我有一种蠢

我有一种蠢
你们都不配有

它是宿命论中的专著
是一根葱
褐皮的红花藕

我有的是污泥
和野猪式的咳嗽

也许在寒夜是中国北方上空的一颗固执的星
风吹不动
但它不是

它只是一种蠢

第六辑 猫咪带来了暴雨

序诗

有一个瞬间
有一个夜晚

阳台窗前,
有一个你。

茶花开过是樱花

有时是这样的:
茶花临着樱花而生,
雨水之后是惊蛰。

节气也是这样的:
吻过樱花一样的嘴唇,
便一心系念着。

火山喷发过后,
熔岩覆盖了山体地表,
你我都看得到。

唯有猫咪能够带来暴雨

煮熟的米粥溢出锅来
养好了一盆菖蒲
房间内的生机
得以像星辰一样运转

我多多看了一眼
你耳垂上的雀斑
像菩提树叶上的轮廓,
意味着心有执着之念

但猫咪在早晨吃草,
无意遵循民间的谚语;
它带来了暴雨,
也带来了晴天。

山谷中的小溪清澈,
踩着准确的韵脚;
众人赞叹之际,
水势漫过了平原。

今日

小树摇摆的样子
好像你的心。

一封简单的信

如果一封信,信里只写着:

你你你你
你你你你

你能否明白
我想说什么?

我在房间里走

我在房间里走
你在外面的花园里

晨光照耀在
你的头发上
裙摆的波光发出木屐步踏在石子路上的声音

细细地敲打
我的心

你刚刚下楼
你什么时候回来

鲸鱼与小兽

啊,当它朝向我时
它几乎吞下了一切!

云朵消失了,但雨水还在

那些恶意的言语一旦说出
就永远难以收回
它们悬在你的头顶上空
如针刺心

她有山谷一样的心
容纳了岩石
也容纳了荒草与暴雨
她变幻它们为溪流

她有万米之上云朵的心
云朵消失了
但雨水还在
我知道

一万米与所有的量词

你走之后,
这个词我就不再用了:

一万亩
一万米
一万斤
一万颗

以及所有万万不可忽略的细节
都在今生的记忆中

根植下来。

一堆坏譬喻

她光彩照人
像一块小小的肥皂
香香地
站在樱花树下

像一个蓝色的盘子
放着一块面包
夹了一层
碎末形状的辣酱

她甜蜜非凡
像玻璃杯上的口红
紧挨着午餐时的
一粒大米

像一罐玉米糖浆
黏黏地
黏住了糕点师
脏兮兮的手

她像厨房
像卧室
唯独不像客厅
也不像抽屉

其实,她不适合
唯美的形容
因为,她只像:
台灯照耀着兔子。

有一个人

有一天傍晚,
我们说起一个人——

他每天在池塘旁边的小房子里,
待到很晚。

没有人知道
他在做什么

也没有人知道
他什么时候睡。

一个梦

你在我的梦里,
像一道光线。

照亮一切,
也终会消逝。

此后的记忆,
海水可曾回流到深山?

雪融多久,
今年才能仍然是今年?

我想象着,
便已足够。

夜读 If not, Winter: Fragments of Sappho *

有什么能比乳汁更甘醇？
亲爱的望月亮的人——

除了你手中的葡萄，
冰冻的蓝莓
鲜榨的香蕉奶昔
微酸的木瓜与柠檬汁洒过的鳄梨

有呀有呀
你坐在南瓜上轻声地喊：

我体内的桂圆
樱桃与薏米。

*注：古希腊诗人萨福的诗集，由加拿大诗人安妮卡森翻译出版

一条小河的名字

我要给每天经过的这条小河起一个名字
和岸边的槭树一样
自然的名字

每天经过时
都默默地起一个
记在一个本子上

本子左边的空白
画下它的样子
沉静的,有些绿浊的小河水

寄给你。

Indescribable Night *

你的物品
在夜色中

闪闪发光
黎明的云

也是这样
傍晚的天际线

也是这样
与生俱来

*注：迷离之夜

春夜之菩萨

你是小心翼翼的
枝头幼叶之露水

孤单的
雾中小树
牛角的
猫头鹰

你是通过梦境传递信息的信使

穿过墙角的
一只猫咪
佛寺晨光中的
一册经卷
的某一页
随心的
一个字符

叫你的名字
你没有听见

春冰着焰

这阴云属于你吗?
左右着我的一天。

神秘主义的哲学,
科学家的实证调查;

薄暮里的灯光,
汪洋江水支流的岸树:

落地玻璃上的你——
就在我的嘴边。

评论你收到的信

除了我的这封,
你收到的所有的来信,
都是虚情假意的,
都经过了伪装。

我之所以确信这一点,
是基于我对男性的理解。
他们的心脏构造所致,
更多的是后天的练习。

无需惊讶。
他们就是这样的龌龊,
自有人类以来,
就在思考如何拓展恶的领域。

而女性之间是比较的美学。
美学是青春的代词,
诸如气质、内涵,
不过是其弥补与修辞。

你不要试图以有限的青春,

尝试接受他们。
妄想有可能的未来，
那只会让你悔之莫及。

可能性是一道数学题，
是科学的分支。
古往今来的人世之间，
只有我掌握了这门科学。

不要犹豫，
不要困惑，
更不要离开，
多想想我在厨房洗碗做饭的场景。

洗洁精、抹布、无穷尽的清水，
橡胶手套与拖把——
拥有它们，
才是一个科学家的本色。

晨光中的芒果颂歌

汁液甘美啊,
小船的内核!

即便是一个鞋盒

属于你的
都很亲切

在夜晚
发出光

照得见
明日的路

去河边
小楼阁

我相信梦境

把我的名字写在一枚贝壳上

一天清晨
你来到河边
打了一个水漂

大海在你的身上展开

潮水退去后
大海并未消失
海浪在你的身上展开
笔触呈现出
水墨山水画的柔软
还有一种
玉米软糖的甜

我曾祈求菩萨遂愿我的贪心

小兔子,
在东南角的草地上说话:

到西部去啊
到西北的山麓

拖家带口,
也要去啊!

那是众河之神的居所,
日日金光闪耀。

梦境

有一间小屋
有一个你

。
风吹河边小树

第七辑　群山遥望

一本《松树》绘法画册

是啊。画松树要注意以下几点:

松树生于少水的山崖,山崖愈是险峭,松树之势便愈是曲致;
树身的鳞状,貌似无规律可循,但并不能因此忽略其大小、疏密、虚实,它们之间气韵相融;
松枝纤细,却形如龙游,舒展自然,仿佛云绕周身,篆隶一样俊逸而厚实;
松叶有树干的节奏,与根的奇曲,呈现光束的集中之意。

重点在于着色:

松树颜色并不复杂,花青与中绿而已。要点在于如何以淡墨消减火气。
远松重在整体。它与山形相依,小枝退身在后。
丛松生于山中,有一株尤为凸显。发现它,向它致敬。
山势、岩石、小径、溪流、若有若无之人与亭阁。注意它们,让它们倾心——

与我的小松树呼应。以顾盼的眼神,
以夕阳中的期待,以赭石,以朱砂,以曙红。

《意大利文艺复兴时期语言词典》

漫溲的水势不告而至！那是蜂蜜入罐与苹果丰收的夏秋之际，

坦率的大象一样自由地散步在乡间的羚羊、幼鹿、牛犊与家禽，

它们的喜悦充溢河谷上空，白杨与柳杉沿着崎岖山路攀登而上。

细小的雀鸟划出飘摇苍鹰的弧线，向上！向上！向上！俯冲而入

——森林木栅边的一丛茂盛灌木之中。就在此刻，初生的鲸鱼

汇聚成群，顺着海流的方向，贴着地中海底的珊瑚，潜入海洋。

那是命名的律动啊。葡萄被呼喊为葡萄时的应心之感，颗粒成串。

大气科学专业

很多复杂的学问,呈现方式都很简单。

农业气象学可以转化为农业谚语,地球物理学涵盖了地貌相学;
生态气候学的分支,可以包括能源气象学、畜牧气象学与植物气候学;
洋流、汛期、暴雨、风力、光照、田间持水、地面温度、能见度,
都是一种未知的指数,一种边际效应。掌握它们只有一个复杂的秘诀:
我对它们的理解都因从于一个人。她是我的森林气象学、水文地理学。

我所有一切的导航与警报,一切学问的神秘化,均是因你而起。事实如此。

一本《安徒生诗选》

我有矫揉造作之心。
无时无刻
不在替代我，
掩藏我的本心。

我的登山途中，
它是汪洋之海，
预知未来安静之道，
警告我学习鼻息。

鼻息的美学是什么？
它从来不曾相告；
似乎混淆了海水的哲学，
却又掀腾起巨浪。

我的矫揉造作之心，
无时无刻
不在暗示我，
人生的真相是什么。

我的言行之中,
草坪上面铺设锦缎,
每一步都难以探知地面的
松软与坚实。

小路通往湖泊。
关于湖泊的象征词典,
过于直接鲜明,
非军舰难以抵达。

我的小路只是一条小路啊,
它通往哪里,
一如目之所见,
早已确定。

对称与不对称

铁道铺设之后,对驾驭它的期待日甚一日
地铁每次驰过窗口,潜入地下,都让心跳加速。
房间即是车厢。从客厅运载到卧室,到厨房阳台
夜色降临,才能恢复静寂。新的期待萌生其中
体内的气球愈升愈高,趋向游乐场的假山,停驻在峰顶。
滑落的瞬间,就像地铁潜入地面。始终有期待。

济慈致布劳恩小姐

这是一封信的附件:

"我的印章像是一方家庭桌布,
上面有我母亲的名字

Fanny

的第一个字母:

F.

就在我父亲名字的中间。"

"请告诉你的妹妹玛格丽特,
我将送给她一块最好的礁石。"

(像贝壳一样,
记录了海水的潮汐)

"再告诉你的弟弟萨姆,
我将把我的栗色猎犬,

赠送与他。
如果他能够把主教的手与脚
捆绑起来,
装进一只大篮子。

篮子。

并为了它的健康,
给它洗个澡。
挂上一个不规则石坠的项圈。"

你的。
闪亮的星辰。

《金刚经》经卷全赞

我赞叹你啊——

如此厌弃自身,
如此鄙夷己心!

《金刚经》付印跋

若非鳄鱼在前,暴雨即至,我何时才能正视己身?

看绿树经夏历秋,萎弃如落叶,
望苍山风雨无动于衷,嶙峋盘曲,
溪谷之中,有卵石殷殷相待——

推己与人。

怜惜小兽如畏惧狮豹,尊重猛禽毒蛇即是悲心广被。
爱刺猬,爱熊黑,爱岸上浮云;
爱鱼虾潜游之水,爱微物。

不爱一个具体的人。

悲心即是宇宙,
即是尘世之间万千细流所归之海。即是你。

在巴山体内
——给阎安

浮云垂视的群峰连绵逶迤
我们于晨时沿澄碧的涧水出发
进入冷峻幽深的秋日山体内部——
持灯步行,乘车复乘船,
小心之状如蚯蚓蠕动在融冰之上
又如小丑,在芒星闪烁的夜间,
审视一己之心,度量钢丝。

这世间的秘密,如你我所知:
自然中的一切微物,如铆如锲,从无虚设
灌木并不因杉树的高苣忘记乡野之美
卵石却因漫长洞窟内部的浑然一体
让人类顿感琐屑
与把玩的意义之丑陋——
啊,坚实、茂密、无所不在的
丑陋,它侵袭、覆盖、笼罩着我!

对母亲的爱

陆地上的大象,海洋里的鲸鱼,天空中的龙
它们对我的教导,
与我的母亲给予的一样丰富。

与郊外的菜市场、夏季的平原、返程的候鸟
触动我的
一样真切。

像夜空中最亮的星辰一样
构成我的道德律,
我的羞怯的宗教渊源——

一个年轻的野蛮人,
一个旅行者,
一个饱满的洋葱。

即便从全世界返回来,
除了海洋馆,
也从未见过鲸鱼跃出海面。

你这是往哪里去?

庄子翻身跳下他的大葫芦,对乘风而行的列子说:"你这是往哪里去?嗬——不要回答我!"

未来中国的城邦与西周秩序

采诗的人晨时步出了城门,
护城河的沿岸一片寂静,
在春末的曙光中,小径草棵
叶翅上的露珠映照着宫内的檐铃。
细微的风动扶摇着铜片铃舌,
那是遥远的信使马匹驰在途中。

自从我第一次行走过疆域的角落,
尘土的气息已经刻印在我体内;
我还未仔细梳理山水的地图,他们
派遣的驿车便带来了秋季的收获。
甘棠黍米,羔羊鹿雉,贡品芳香,
北山的枸杞,南山的腌瓜,日用即福。

我悲哀望着这些光鲜耀目的景象,
个体的消失,尊严的自然磨损。
一切都未曾改变,自从我第一次
步出城门,薄暮时分下榻在乡间,
我的心便与园桃檀树们,仅隔河岸;
丰年的乐音在清泉甜酒中云散铺开。

我的愁绪显然属于多虑。情侣们
雨后行走在美盛的洼地河谷，
捕兔的人乘船中流，缓缓放下鱼篓。
他们和衣睡眠，在梧桐树荫侧面；
持圭的君子车驾停驻在小丘阜上，
梦中看得见田畴齐整，瓜豆丰饶。

现在已没有人畏惧天神，祭祀的仪礼
近似民间的谣言。天上的银河明耀，
但不再指向典籍中的星象。我心伤何？
东山的小雨迷蒙，西进的好音信充溢道路。
心头欢喜的人唱诵一首农事小诗：
"彼何人斯？不入我门。"缔搅我心。